소소

황금알 시인선 138

소소

초판발행일 | 2016년 11월 11일

지은이 | 강지연
펴낸곳 | 도서출판 황금알
펴낸이 | 金永馥
선정위원 | 김영승 · 마종기 · 유안진 · 이수익
주간 | 김영탁
편집실장 | 조경숙
표지디자인 | 칼라박스
주소 | 03088 서울시 종로구 이화장2길 29-3, 104호(동숭동, 청기와빌라2차)
물류센타(직송 · 반품) | 100-272 서울시 중구 필동2가 124-6 1F
전화 | 02)2275-9171
팩스 | 02)2275-9172
이메일 | tibet21@hanmail.net
홈페이지 | http://goldegg21.com
출판등록 | 2003년 03월 26일(제300-2003-230호)

ⓒ2016 강지연 & Gold Egg Publishing Company Printed in Korea

소소

강지연 시집

황금알

내 삶의 자드락길 햇살 무늬

달빛 무늬 여울지며

세월 가고 또

세월이 가네

2016년

강지연

차 례

2부

3부

4부

1부

구름

앗겨도
한없이 앗겨도
아깝지 않은 내 사유思惟의 넋이다

마음 두고 흐르는 구름
어디 있으랴

와도 온 바 없고
흘러도 흐를 바 없는
허공의 꽃이다

가시고기

물 맑은 곳이면 어디든 내 집이다

짧은 생에
한낱 미물이지만
내 죽어 너 사는 부성애
눈물겹다 하지 마라

가시로 박해받던 무거운 삶
물속 깊이 순장 당한 채
깊고 황량한 꿈
절뚝이며
어둔 강둑으로 돌아올 때

뜯겨 버린 흰 뼈 위로
달빛은 빛나고

하구河口는 오늘도 말없이
장렬한 최후를 지켜주리

밤 숲에서

산그늘 위로 해 지면
궁금할 이유도 없는
별들의 출생

등불이 어둠을 비출 때
마음 없이 스스로 밝은 것처럼

제 목숨 비워내고
서늘한 바람 소리만 담아내고자 했던
대나무들 설렁이는 소리

산더덕 진한 향기, 방아꽃 향기
향기는 향기일 뿐
사라짐이 근본이라

일대 만고사가
초하에 흐르는 물인 것을

천 생각 만 생각이

불야성을 이루는 밤 숲

별빛 한 말 어깨에 메고
타박타박
행각승 되어 걷는다

아카시아

만삭의 임부인들
저 몸 저리 무거울까

무너지듯 이고 선 고봉밥
햅쌀 고봉밥

삼키고 살아온 슬픔 크다 해도
저 향기 저리 고적할까

바위도 네 향에 취해
굳은 심지를 더 단단히 여미고

술 취한 듯 다디단 오월
내 생애 늦은 봄

새하얀 꽃물에
목을 적신다

은의 뼛속에 푸른빛이 서린다

반만년 갈피 속에
올곧게 삿됨 없이
불의에 눈감지 않고
강하고 부드럽게

정절을 위해
그 옛적 아녀자의 섶에서
자신을 겨냥하던

십장생무늬 음각으로 새겨져
박쥐, 오리, 조롱박
장식으로 매달고
단단히 묶었던 명징한 혼의 칼

깊은 잠 거두고
오래 길들인 정인情人처럼
문갑 위에 가지런하다
은장도 한 쌍

적막

살뜰하기도
적막하기도 한 한생이
저물어간다

어느 먼 인연에 끌려
내가 왔을까

일락서산 월출동*에
생사 없고

사리 한 알 품은 그리움은
만 리 갈밭

빛과 어둠이 함께
할 수 없어

내가 그려놓은 한생이
남루였던가! 바람이었던가!

해도 달도 서녘으로만 저물고
저무는 것이 나만이 아니어서
조금은 덜 쓸쓸한 나날

* 일락서산一落西山 월출동月出洞 : 해는 서쪽으로 지고 달은 동쪽에서 뜨는
  불변의 진리.

평상심

평상심이 도道라 하지만
도道와 중생살이의 시차를 극복하지 못해
소슬한 바람 겹겹
한 마음 재우면
두 마음이 일어나고
어디론가 흘러가는
바람 소리 강물 소리
슬프다 기쁘다 하는 심경이
여울에 비치면
나는 나를 무엇으로 흐르게 할 것인가!
호젓해진 마음의 빈집
만산홍엽 뒹군다

달 아래

봄빛이 만꽃을 피워도
흔적 없듯
사람 사람의 달 아래
청풍이 불고
화엄의 향기 품어 안고
걸어온 길 금방인데

생야일편生也一片 부운기浮雲起
사야일편死也一片 부운멸浮雲滅*

소멸하며 늘어가는 세월
이생 다하면 저승 가듯
작은 새 한 마리
수풀에 앉아 쉬어가듯
나
그렇게 살다가 가리

* 생이란 한 조각 구름이 일어나는 것이요
  죽는다는 것은 한 조각 구름이 사라진다는 뜻

시의 거리
— 임항선

생각을 멀리하면
잊을 수도 있다는데
고된 살음에
잊었는가 하다가도
가다가
월컥한 가슴
밀고드는 그리움*

가을엔 해질 때 꽃을 봐야 제격이라는데
푸르고 싶어도
빛바래지는 가을날
만장의 물결처럼
기러기 북쪽으로 높이 떠
남루한 꿈을 땅에 묻는
저문 삽질
물 바람소리

꽃댕강 · 파라칸사스 · 꽝꽝 · 홍가시
종려 · 샤샤 · 치자 · 주목나무

도열하듯
늘어선 나무들도
합포만 자욱한 국화향도
옛시인들의
시를 듣고 시를 품는다

* 이영도 시 「그리움」

천 년 후에는

기묘년이 저물고
천 년이 진다
수그러든 가을볕처럼
이생의 한낮도 이미 기울어

마음 안에 깊은 내 마음이 있고
그 마음은 시공도 생사도 없는데
이승 나루 다하면
목화솜 구름이나 되어
젖은 가슴들 뽀송뽀송 말려주고
남김없이 드러내고도
속을 모르는 저 하늘 닮아
청청히 흐르면서 끝을 보이지 않는
긴 강물 되어
사금처럼 반짝이며 흘러가고 싶다
유정 무정
다생 겁으로 몸 바꾸어 흐르다가
천 년쯤 후에는
사람 몸 다시 받아

반야의 꽃 한 번 피워보고 싶다

아침 소묘

선우선방*을 나와
논개로를 따라
베고니아 꽃길을 걷는다

산천에 어리는 안개처럼
새벽 기운 청량하고

하얗게 지새운 지난 면벽의 밤
끈끈이처럼 들러붙던 망상들

약속 없이도 물길은 한데 모여
청솔 바람에 쓸려가고

놓치기 쉬운 마음의 끝을 잡자고
강 건너 마주하는 촉석루 수묵화 한 점

강물 푸르러
이슬방울 찰랑 발목 적신 신새벽

* 선우선방 : 진주에 있는 시민선방

26

물레

8남매 줄줄이 청산에 묻고
장지문 넘어 쪽잠 에돌던
할머니 휘진 등줄기 위로
위잉위잉 잉앗줄
무명솜 희디흰
타래실로 감기던

먼 시간을 건너와
용목장 위에 정물로 앉은
네 앞에 서면

놋재떨이 긴 담뱃대 소리
할머니 실 잣던 소리 멈추고
삶은 더욱 깊어져
윤회의 실을 뽑는 세월 곁에서
나는 종자기 되어
백아의 긴 물레 소리 듣는다

불망기 1

소복 자락 끌며
울면서 따르던 꽃상여

보궁처럼 보듬고 살던 기억 저편
아버지 눈 뜨고 저승 가신
시월도 다 저문 날

장대비 퍼붓던 상청 위로
흘러 들던 진혼곡

한 무더기 별빛이
어둠의 틀 속을 부실 때

옥양목 새물내* 나는
아버지 영혼 속으로

마음은 항시 북향재배입니다

* 새물내 : 빨래하여 갓 입은 옷에서 나는 냄새

불망기 2

오래 비워두었던 옆자리 30년
이승 강나루
시간과 공간을
무참히 박살내는
알츠하이머가
엄마의 언덕을 범람하고 있습니다
시름도 켜켜이 쌓이면
눈물꽃이 되는 것
산다는 일이 인연의 소치라지만
형벌처럼 고단한 짐을 지고
이순의 고개를 넘는 동생 내외
지순한 의무가 갈꽃보다 아름답고 서러워

오밤중 은핫물을 다 마시고도 모자라
합포만 물소리 자욱이 베고 누워
뜻 모를 주렴을 읽듯
마음은 그저 상형문자 속입니다

삼도천 건너갈 때

영정 사진 한 장 정해
안방 문갑 위에 세워 놓고, 들며 날며
이승에서 허락된 시간이 끝난 날
영안실에 걸려 있을 그 사진을 보면
왠지 마음속이 환해지고 편해진다

삼도천 건널 때는 빛을 향해 가야지
가물거리는 의식이지만
열 번만 불러도 생전의 죄업이 씻긴다는
아미타 부처님도 염송해야지

다정했던 사람들
두세 두세 모여 앉아
상두 술 몇 순배씩 돌려 마시며
알게 짓고 모르게 지은 생전의 내 죄업도
애써 좋은 기억으로 흘려주겠지

고목 등걸 표피처럼
삭고 낡아 짚불처럼 꺼져 가야 하는

사람 몸이 서럽고
늙음이야 더욱더 서럽겠지만

다 버려두고 내 마지막 가는 날
얇은 손수건 한 장의
선근 하나 가지고 갈 수 있을는지
그리운 그곳 용화세계로
자는 잠에
지등 꺼지듯이
그렇게 편안하게 가고 싶다

북천에서

아버님 어머님 나란히 누워계신
선산 북천마을
한 달에 한 번 지장재일에
진불선원 영단에 계신 두 분께
청수 올리고 삼배 드리며
지성으로 경도 읽지만
메밀꽃 흐드러진 오늘은
산길 모서리마다 생시 적 이름표 하나 들고
무량수로 흔들리는 코스모스 꽃물결 구경 오소서
생사 없다지만 가신 후론 뵐 수 없고
어버이 음덕인 듯 전주 최씨崔氏
증손자 증손녀들 밤톨처럼 여물어
소출 많은 가을날
산빛 그윽하고 냇물 소리 다정하여
사람 물결 꽃여울
따뜻한 안부 물으며
이승의 환한 간이역으로
나란히 손잡고 다녀가소서

생일

비울 수 없도록
너희들의 실한 마음들
바람길 환하게 달려와
순명처럼 이어온 인연
삼 대가 한데 모여
혈육들이 불러주는 생일 노래에
가족도 풍경인 양
삶의 저녁 한때가
이렇게 아름다운 날
캠프파이어에 쌓이던
불빛만큼이나
아늑하고 따뜻한 시간들
오래된 내 삶의 행간
알토란 같던 손자 놈
어느새 훌쩍 자라 불 지피는 볼이 붉고
부자지간 술잔 부딪는 소리
며느리들 웃음소리 화사한
단양의 밤이 깊다
어디선가 밤이슬 내리는 소리

구름 위의 산책

나뭇가지 사이로 타닥타닥
새벽별들이 타고
산새 소리에 잠이 깨어
손녀랑 구름 위에서 산책을 하다
동강 하류 소백산 너른 봉우동 자락
바람이 정에 드니
꽃잎은 지고
내 눈 안에
내 발 아래
층층 구름이 운무로 떠가는
선경仙境위에 나는 서 있네
단발머리 나풀대며 이슬 밭을 거니는
열네 살 손녀의 감성이 무엇인지 알 수 없어
저 어린 것이 펼쳐갈
세상 속 싱그러움
속마음 짙은 향기 간절하여 닿을 수 없고
소짓불 올리듯 흠뻑 젖어
내 무연한 눈길만 가이없네

가을의 기도

까닭 모를 서러움에
꿈자리만 깊어서

삶도 오래되면 정이 들고
수천 파도의 한 물결인 마음

흔든다고 흔들리우는 어리석음도
안을 비추는 준열한 빛이 있기에

초승달이 은하수에 몸을 씻어
보름달이 되듯이

정제된 내 사유는 북두로 가고
새벽별 이슥한 등불로 타올라

뜰 앞에서 잣는 일월의 물레질이
하심下心으로만 돌게 하소서

수의를 장만하는 비장함으로
이 가을을 견디게 하소서

풍경

백해白海 * 갤러리에 오면
임금님이나 드셨을 것 같은
청화 밥주발 육통 기목 반닫이
바늘꽂이, 수저집, 조각보, 떡살
목단꽃 민화, 호롱불, 목등잔
고구려적 와당, 신라 토기 등 볼 것이 너무 많아
박물관보다 더 박물관다운 이곳에는
앉아서도 보고 누워서도 보는
천 년의 긴 행렬이 있다
마음달 품어 백합처럼
단정한 시선으로 건너온 세월
시름 적신 물길 관조의 뜰이다
샤갈도 고흐도 추사도 벗한다
베갯모엔 눈물도 서렸으리
쓰다만 편지도 있었으리
푸르러 더 적막한 달빛에나
떼 지어 날아드는 별빛
어둠 속에서까지 서로 다른 옛의 모습으로
우뚝우뚝 빛나는

한생쯤은 태후마마로 사셨을 안목이여!
지성이여, 정갈함이여
안기어 흐느끼고 싶은 달항아리여!

* 백해白海 : 시인 수필가 고 서인숙 선생의 호

2부

봄밤 1

누릴 수 없는 힘에 부대껴
어디론가 낙화한
꽃들의 행방을 물으며

초승달이 떴다가
소리 없이 지고

지켜지지 않아 고달픈
우리의 약속처럼

내 이심과 네 전심 사이에
금등 하나 켜면

마음 닿아 다다른 곳
그 어디쯤 눈물의 흔적처럼
질경이 꽃씨 하얗게 여물까.

티끌 마음 씻으며
천수경 한 소절
귓가로 흐르는 밤

봄밤 2

내 어머나 소복 같은
세월 위로 배꽃이 진다

꽃빛에 수심(愁心) 짙어
묘약 없는 봄밤

눈물 없이 사는 일이
강물의 끝을 보는 것보다
더 슬픈 일이라고

포장지 허술한
심금 하나 열면

살얼음 딛듯
조심스레 가는 오십 고개

마음속 붉은 죄가 무엇인지
하얗게 회개하라며
흰 손을 흔들어 속절없는 배꽃이 진다

봄밤 3

물소리 고요하고
햇살은 온화하여
가만히 두어도
봄날은 깊어질 터인데

이 골 저 골 흐드러진 꽃들은
마음을 흔들고
흔들리는 그 마음을 싣고 바람은
또 어디로 떠나는 것일까.

당귀술 빚어 놓고 귀 기울이면
꽃잎이 지면서 호명하는 그 소리 들을 수 있을까
봄 늦도록 황사 일고
비감에 잠겨 편도선마저 부어올라

도화 붉게 지는 밤이면
나는 승천을 꿈꾸는
한 마리 이무기가 되어
섧게 섧게 울어볼 생각이다

봄밤 4

사월의 꽃들이 천지개벽하여도
마음은 꽃잎만큼도
화사해지지 않아

젊은 날 객기 같은 몸짓으로
풋바람이 와서 눕고

누구에겐가 깊숙이 열었던
가슴속 빗장을 걸면

눈물지고 돌아앉은 세월 한 갈피

믿음의 빛깔이 얼마나 아름다운지는
믿어본 사람만이 아는 법

흐를 곳 막힌 마음
또 밖을 향해 지쳐버리면

나는
산다화 처연히 진 꽃길을 가고 싶다
접동새 우는 밤.

봄밤 5

마음이 청매실 꽃물 드는 날
우리 푸른 추억과
흘러온 세월과의 거리에 서면
흑백사진 속 초롱한 눈망울들
옛 우정 싣고 흐른다

예고 없는 불시착의 정거장에서
암세포랑 힘겹게 사투를 벌이고 있는
네게 희미한 등불이라도 될 수 있다면

모두 저마다 머물다 가는 게
사바라지만 아직 작별은 이르다

융단 같은 봄볕 아래
모래펄 속에 물새 알이 자라듯
귀하고 소중한 이승의 끈을
또 한번 단단이 여미며
매화가 비 내리듯 내리는 창가
꽃잎 띄워 마시는 차향이 섧구나

봄밤 6

마음 붉어 번지는 게
봄 앓이라 하지만

세월이 나를 따라 흘러온 것인지
내가 세월 따라가는 것인지

꽃자리 풀어내린 한적한 봄날
헤적이는 물살 아래

접었던 모든 것 개운히
다 띄워 보내면

적멸과 영롱의
객창 위에
다라니꽃 한 소절
귀에 익다

봄밤 7

지면서 내어준 꽃길을 따라
도수 없는
심연의 강섶에 서면
꽃잎이 열반하는
그윽한 소리 들을 수 있을까

소멸하며 늘어가는 세월의 부피에
새털 같이 가벼워지는
그리움의 원근법

이지러진 봄밤
은버들잎
지상의 불빛 다 불러 모으면 나는
얼마를 더 닦아야
무명無明의 안개밭 헤이고
세세 상행 보살도를 이룰까

봄밤 8

외로울 고孤가 흐른다는
운명선을 보다가
봄날에 듣던 진혼곡

바람도 멈추어 선
적막을 동여

불 꺼진 뜰을 가로지르는
해쓱한 별 바퀴

진초록 향기에
생머리 감아 빗고

새잎 돋는 소리
무심히
봄밤이 진다

봄밤 9

냉이는 냉이꽃을
제비꽃은 피멍 더 붉게
인동초는 또 영등할미 강새암처럼
질기게 뿌리내리며

저녁별 흔들어 깨우는
어둠의 끝자락
떠돌던 시간을 잠재우며
봄밤이 여울져 눕고

산천은 두루 꽃 천지인데
마음 안 봄은 멀어
해쓱한 그믐달
서역으로 가고 있다

봄밤 10
— 월명암

월명의 청아한 피리 소리에
달도 멈추었다는 변산에 와서
저문 묘적암
산창에 기대니
수선화 꽃무리 샛노란 흔들림에
달빛은 몸을 풀고
푸르기는 천삼백 년 전 그 빛이련만
달 그리메 흔적 하나 없어
문지방을 넘어온 솔바람 소리
알 수 없는 슬픔의 뿌리까지 흔들며
부설거사 등불 켜고 길 밝힌 뜻
죽은 누이의 애절한
망제가 한 소절
바람귀로 흐르는 밤

봄밤 11

— 나왕케촉*

소리의 시원始原이었다
심연의 강섶을 건너오는
한 무더기 빛이었다
생각이 많아 생각을 잃은 날
대나무 피리에 실려 온
오래전의 만남이듯
소리가 끝난 후에도
사라지지 않는
형상 없는 고요
순백의 나라
맑디맑은 영혼의
시詩 한 구절이었다
어둠 저 혼자 깊어가는
꽃잎 지는 길상사 밤 뜨락

* 나왕케촉 : 티베트 출신의 세계적인 명상 음악가이며 평화 운동가

봄밤 12

빗소리에 묻힌 여항산 8부 능선
등짐 진 의상대
원효 스님 지팡이 고목으로 자라서
잎새 폭풍에 쓰러져
빈 둥치로 누웠구나

허공에 불을 켜고
부슬부슬 운무 떠가는
내 마음의 절간 한 채

자규야 오늘 밤은
네 울지 마라 기쁜 마음으로
우리 경經이나 한 독 읽자꾸나

꺼질세라 이슥토록
축원등 지키는 노보살님들
부모 대하듯 공손한
학유 스님 법안法眼이 푸르다

봄밤 13

나직한 밤배 소리에
잠 오지 않는 삼경

탯줄에 감겨
밤마다
섬이 되어 차오르던 인연 하나 있었다

딱 한 번 눈 떠보고
별 속으로 들어가
몇십 년 기척 없더니

삼태성 곁에
초롱한 별 하나

어린 혼령으로 살아나
눈물 그렁히 젖어 있구나

꽃향기 짙어 더디 가는 봄밤

봄밤 14

계곡은 늘 거기 있고
물소리 어제와 같은데
상연대* 나한전 툇마루에서 본
아스라한 지리산 중봉들 천왕봉 반야봉

실컷 울고 난 마음처럼
새벽달 하얗게 비껴 떠
두견새 울음 귀 아픈 밤

인시의 적막을 깨는
스님의 나직한 도량석 소리
백운산을 울리고도 남아

승방의 촛농처럼
생자필멸은 이 밤의 화두로 뜨고

마음 땅에 그림자 두지 말라며
사운사운 달 지는 소리

* 상연대 : 고운 최치원 선생이 함양 태수로 있을 때 어머니를 위해 지은 신
  라 고찰

봄밤 15

이슬 튀는 풀밭에
수의 같은 흰 달빛 감고 오시는 이
장대처럼 서서
균열의 마음속 들여다보시는 이

서늘한 꽃등이
고즈넉한 도량을 싸안고
어울러 꿰어보는 별빛과의 눈 맞춤

한세상 열었다 닫는
쓰디쓴 범부의 세계
해탈의 문지방에 기대어

저 온화한 아미타의
미소 속으로
마음 등燈 내다 거는 밤

3부

하산 길

봉정암 부처님께 공손히 절하고
용아장성 계곡 명경지수에 씻겨서
씻겨서 아름다운 널바위랑
식혜알같이 보얗게 동동 떠서
물길 가던 돌단풍 꽃잎 잊을 수 없다
도란도란 문학을, 삶을
이야기하던 여섯 시간의 하산길
지고 왔던 욕락
두고 가라
두고 가라
소리치던 내설악 관음폭포 물소리
그 무정설법
잊을 수가 없다

가을 운부암

여름내 붉디붉은 꽃을 피워냈던
목백일홍 어지러이 떨어져 누운 가을 운부암
불이문에 들면
구름도 묵언수행 중
원통전 관세음보살님의 고아함
걷고 머무르고 앉고 눕는 선禪 수행
목숨 내어놓고 정진하라시던
경허 만공 한암 성철 향곡
옛 선사들의 향기 그립다
선원 스님들의 결가부좌 속
한 소식 얻음을 위해 정진삼매에 들면
무설설無說說 운부난야
담장 밖 꽃 떨어지는 소리
적막하다

궁남지 *
— 무왕의 어미에게

버들잎에 바람 듣고
그대 비천한 새벽잠
베갯모에 서린 눈물

연잎에 빗방울 굴러도
젖지 않듯
밤마다 물레 잣던 곤고한 세월

능산리 쪽 끌려온 물
무왕의 효심에 귀의하여
푸르도록 깊어진 연못 속

포룡정 적막 하난
패망의 끝자락에 얹혀
가고 옴도 없는 것이 본래 면목이라면

그대는 오늘도
물옥잠 꽃그늘에 누워
천 년 꿈을 꾸는가.

부소산 넘어
백운 자락만 무심하다

* 궁남지 : 백제 30대 무왕이 어머니를 위하여 인공으로 만든 연못. 과부였
  던 여인이 밤에만 찾아오는 용을 안아 무왕을 낳았다는 전설의 못.

백제행

백마강을 보려고
옛 부여에 왔다가
물소리 듣지 못하고
저문 낙화암 노랫가락만
가슴에 안고 돌아갑니다
어디를 둘러봐도
이토록 정겹고 애틋한 것은
아득한 전생 몇 생쯤에 백제 땅 기슭에
고단한 등을 누이며 다디단 꿈을
꾸었던 탓일까요
피의 역사로 숨죽이고 선
사비성 어디쯤 끼니 때마다 먹고 쓰던
내 회한의 질그릇 묻혀 있을지요
섣달 보름 푸른 달 뜨거던
일천 강에 일천월 뜨거던
청렬한 저 물소리 보내주오
고란사 부처님 뵈러 왔다가
연못가 실버들만 실컷 보고
허전한 발길 되돌려 갑니다

매창 뜸에서

변산반도 질러온 바람
채석강에 흩어져
이슬이 지듯 그대 꽃진 자리
매창* 뜸*

산제비 아무리 울어도
봉황이 될 리 없고
애달픔이 꿈보다 헛되임을
어이 모르랴만
머리 풀고 버선발로
그대를 맞으리까
거문고 긴 자락을
낮게 낮게 뜯으리까
어디에도 닿지 못해
슬프고도 뜨겁던 삶
이화우梨花雨 흩뿌릴 제 울며 잡고 이별한 님
추풍낙엽에 저도 날 생각는가
천 리에 외로운 꿈만 오락가락 하노매*

* 매창 : 기생이었지만 정절과 시詩에 뛰어난 조선의 여류 시인.
* 뜸 : 부안군 부안면 봉덕리에 있다.
* 이매창의 시

무량사

차령산맥 나지막한 만수산 자락 400m

세속의 낡은 허물을
초연히 벗어던지고
청죽처럼 고독한 영혼을 이끌고
이곳을 찾았던 설잠 김시습*

산신각에 들러 스님의 초상화 앞에
삼배 올리고
예불 소리 뒤로하면 산문 부도탑

새로 돋은 반달이 나뭇가지에 뜨니
산사의 저녁종 울리기 시작하네
달그림자 아른아른 찬 이슬에 젖는데
뜰에는 서늘한 기운 창틈으로 스미네*

건너가는 이여! 미혹의 바다를 저어
저 언덕을 건너가는 이여
도솔암, 태조암, 예전의 초석들만

아픈 역사의 깊은 내력을 말하고
세월의 격랑 속에서도
청정함을 잃지 않는
햇빛 밝은 무량사 경내
바람 소리 청량하다

* 설잠 김시습 : 세조의 단종 폐위 후 책들을 불태우고 방랑으로 떠돌다 59
세 이곳에서 입적. 「십현담요해」「열승화엄법계도」
* 설잠 스님의 시

다시 보궁에

— 오대산

내 적요의 부피와
미혹의 무게를
내 감성의 길이와
상락의 넓이를
물으며
좌르르 좌르르
별빛 쏟아지고
수행으로 익어가는 인시의 적멸보궁

팔만 문수가 펼치는
화엄의 대 도량
천삼백 년 전
자장율사께서 펼치신
진법계 속으로
마음 한 채 떠 간다
추풍낙엽인 양
혼자서 간다

인사동 소묘

쪽동백 붉은 꽃잎 찻잔에 띄우고
귀천*에 앉아 매실차를 마신다
헐려가기 위해 뒷걸음치는
어수선한 바람 더미 속 이월
인사동 사거리 노전에서
K시인은 하얀 모시천 조각보와
십장생무늬 빼곡히 수 놓인 수저집을 구하고
나는 먼지 앉은 청나라 접시와 중국 황실의
여인들이 사용하던 음화 향수병을 만났다
달항아리, 비색의 청자, 빗살무늬토기랑
옛 조상들의 숨결과 향기가
주저리주저리 서려 있는 곳
현대와 고대가 어울려
시간과 공간의 켜를 써는 곳
가던 길 멈추고 되돌아보면
내 전생 어느 때 사인교 타고 열두 번도 더 지나쳤던
길처럼 정겹고 낯익은 인사동에서
오래 정들인 문우들과 함께하는
귀하고 행복한 나들이 길

* 귀천 : 고 천상병 시인 부인이 하는 찻집.

소소

창밖에 소소한 빗소리*
소소한 그 소리 자연 그대로
내가 듣는 자연의 소리에
내 마음 또한 자연이라!

340년 전 자연과 내가 둘이 아닌
원융의 삶으로
환하게 세상을 밝히고 가신
당신의 향기에 취해
사과꽃 아름다운 두들마을
상수리나무 그늘 아래 앉아 봅니다
강인함과 온유함
학문과 시詩와 서화에도 능하여
이조판서 등 십일 남매를 훌륭하게 키워 내셨고
쌀독이 비었을 땐 도토리묵을 쑤어
가난한 사람들을 배불리 먹였다는 따뜻함

정갈한 맛과 향기로 음식디미방*을 펴내시니

상선약수로 곱게 곱게 흘러갑니다
음덕의 강물로 세세토록 흘러서 갑니다

* 소소음簫簫吟이라는 장계향의 시詩
* 디미방 : 한글 최초의 음식 백과사전.

망경대

앞서가려는 마음 끝
한 자락을 붙들어 매며
설악의 중턱을 넘는다

매월당 김시습이 충절의 그리움으로
영월 땅을 바라보며 허구한 날
단종을 그리워했다는 망경대에 올라
질곡의 세월을 고단하게 건너갔던
한 비구의 생애를 떠올린다

눈 덮인 벼랑
무애의 삶을 살았던 설잠

충정의 향기 앞에
인걸도 바위도 말이 없고

운무 머금은 푸른 산자락
흐느끼듯 뛰어와 내게 안긴다

백담사

낙처를 몰라 떠돌던
마음을 삭발하러 설악을 향한다

만해 스님 숨결인 양
백담사 뜨락
팥배나무 희디흰 꽃잎
적정의 노래를 부르고

초록이 어우러져 내는 영롱한 수채화
속진을 내려놓고 산문 밖 돌아보면
어느새 벽담 계곡은
한 질의 경전이 된다

내 눈 안에서 눈을 볼 수 없어
윤회의 긴 물소리 들으며
쓸쓸한 시詩 한 편 되려 수심교 건넌다

부석사 1

금빛 햇살 다발 째 퍼마시고
노랗게 흩날리는 은행잎 맞으며
가을 부석사 간다
솟대 같은 당간지주, 일주문 지나
백팔 계단은 천상의 길인 듯하고
안양루에 오르니 의젓한 다섯 비구.

무량수전 아미타 앞에 엎드려
부처를 곁에 두고 저 허공에 던졌던
수많은 염원을 지운다.

싱싱한 햇빛만 솎아
설설 끓는 그 설렘으로
가을 부석사 익어간다
시간과 공간의 적요에 서서
배흘림 실진 기둥
무량수無量壽로 무량수로 흘러서 간다

부석사 2
— 선묘에게

선묘 낭자여
의상 스님 향한 지고지순 일편단심은
용이 되어 바닷길 지키고
수 천 리 물길도 헤쳐왔구나
사방 십 리 대반석이 되어
공중으로 날아올라
뜬 돌 부석浮石이 되었구나
산이 나이를 먹으면 모래가 되고
모래도 늙으면 산이 된다는데
너는 무슨 윤회의 강물로 흘러
오늘도
영원으로 통한 비밀 문을 지키고
네 눈물 꽃 같은
샛노란 화엄의 향기를 피우는구나
부석사 찬란한 전설로 흐르는구나

부석사 3
— 선비화

조사당 앞 지팡이 하나가
무위의 날빛으로
천 년을 살다가
한길 남짓 길이가
지붕 아래서도 지붕을 넘지 아니하고
해마다 달마다
잎이 나고 꽃이 피어
햇빛과 달빛은 받아먹고 자라고
비와 이슬에는 젖지 아니하니
잎의 싱싱함과 시듦을 보고
내 생사生死를 알라 하셨던
의상 스님의 푸르른 넋이
천 년 숨을 잇는다
비선화수飛仙花樹로 자란다

탑 1

둥둥둥
천 년 전 화엄의 북소리 들린다

봉황새의 인도를 받은 자장율사가
산새도 쉬어 넘는다는
깔딱 고개를 왜 힘들게 넘었는지
용대리, 구곡담 지나
천하의 승경인
네 앞에 서보면 알 일이다

만나도 한 번도 한 곳이
될 수 없는 시간의 덧길 위에
때 묻지 않은 삶 어디 있으랴만
불뇌를 품어 안고도
소리 없는 네 침묵 앞에 서면
귀의하고 싶은 곳 있어

해발 1,244m 그림자
길게 황혼에 눕는다

탑 2

바위도 부처 행색으로 몸을 나툰
설악에 오면
너는 천 년을 하루같이
구름이나 꽃에게도 예경을 받는구나

솟아오름 속의 내려앉음이
도道를 말하지는 않지만
육근에 어두워져
언제 한번 실상자리 챙겨나 봤냐고
탑이 내게 묻는다

윤회의 수레바퀴 천삼백 년을 돌고 돌아
허공도 너를 받쳐
두두 물물
부처 아님이 없듯

별밭처럼 많은
중생들의 원願 위로
날마다 살찌고
가벼워져 간다

어가에서

성삼문의 시퍼런 절개랑
설잠의 붉은 충정
만백성의 먹장 가슴들이
눈물길로 흐르던 동강
불원천리 영월 땅 달려와
저물녘 줄배를 탄다
숨죽인 하늘 아래 어린 임금
염부 가는 길이 얼마나 무서웠을까?
청령포 소나무는
굽은 허리를 낮추어
어가御家를 향해 읍을 하고 있고
나는 망향탑에 기대어
돌 하나를 보탠다
"천추의 원한을 가슴 깊이 묻은 채
적막한 영월 땅, 산속에서 만고의 외로운 혼이
홀로 헤매는데 푸른 솔은 옛 동산에 우거졌구나
고개 위의 소나무는 삼계에 늙었고 냇물은
돌에 부딪쳐 소란도 하다. 산이 깊어
맹수도 득실거리니 저물기 전에 사립문을 닫노라"*

* 어가에 걸려 있는 단종의 시.

인월암

법法이 그리워 찾아온
비오는 산사
종이를 만들면 천 년이 간다는
닥나무 위에 희고도 자잘한 꽃잎들
인월암 쪽마당
작약꽃 뿌리 튼실하여 수행의 모습이다

새소리 같은 인경 소리를 따라
조계령을 넘다가
한 뼘도 안 되는 내 화두 안에
내가 걸릴 때

원순 스님 신심명 증도가에
가슴엔 환희심 돋고
연꽃차 향기에
빗소리도 같이 듣는
부처님, 부처님이여

영남루에서

배롱꽃 붉게 지는 영남루 불휘 깊은 곳
분분히 흩어지는 조명 아래
삼대가 나란히 앉아 뮤지컬 보는 날
화성에서 꿈꾸다 *
천상천하 지존
정조의 효성이 찬란한 예술로 꽃을 피우고
당파를 물리치고 실학을 세워
아름다움이 힘이 되는 세상을 꿈꾸었던 군주
애틋하게 비껴간 성군의 사랑 이야기도
곤룡포 자락으로 번쩍이는 밤
시詩편 같은 대사, 멋진 춤사위
온몸으로 노래하는 아름답고 풍부한 성량에
남천 강물도 놀라 달아나는 밤
인연의 길목
따뜻한 옛 벗이 살고 있고
하루에 세 번 천일기도 하시는 스님이 있어
더 정겨운 밀양의 밤

어린것들의 초롱초롱한 눈망울 별에 가서 닿는다

꽃살문

내세에 다시 오라는 내소사
아늑한 전나무 숲길에 들면
색을 다 지운
꽃살문의 기품이 더한다
부처의 말을 전하는 구름 모양의 운판
화려한 어간문, 피기도 봉오리 지기도 한 꽃문살들
오랜 세월 거친 풍파에도 지지 않는 꽃

내가 울어 그 울음 그치게 하는
아득한 선승들의 행적을 물으며
산간에 무늬 지던
기러기 울음소리
바람이 읽고 가는 경전 위로
속세와 정토를 잇는 무심한 꽃살문
내소사 오랜 이야기 전하고 서 있다

4 부

백야 1

실자라인 객창*

밤바다 어디에나
노을 떠 있어
향방 모를 북구의 밤

옮겨 앉는 별자리마다
하늘은 다함 없이 자리를 내어주고

선상에서 뿌리고 가는
서늘한 불빛
부표처럼 떠가는
야행의 길

불면의 창가
아아한 정적
쌀알같이 자라서
감고도 눈을 뜨고 있는 나를 본다

창랑한 발트해 푸른 물살 위로
새벽 은달이 진다

* 스톡홀름에서 핀란드로 가는 초대형 유람선

백야 2

수평선 위로 떴다가
수평선으로 지는 여기는 북위 60° 선상

어둠이 깊으면
정적도 깊다고

건너오지 못하는
어둠을 부르며

첨벙첨벙 별이 뛰노는
물살 속으로

마음속 잠행의
전언 하나 띄운다

밤 게처럼 엎드려
뜬잠 속 꿈길은 멀고

아청빛 바다가

객중의 여수를 불러

백야의 아름다움을 표현할 길 없는
내 못난 시치詩痴도 함께 띄운다.

가을 편지

휴스턴 공항에서 주먹으로 눈물 훔치던
너를 뒤로하고 울면서 돌아오던 귀국길

어느 잔나비 띠 해에
영문도 모르고 막내로 태어나
단절될 듯한 수없는 응시 속에
청년에서 장년이 되어버린
네 세간의 쓸쓸함
상처 없는 생의 무늬가 어디 있으랴만
이민의 쓰라림으로
돌아가자니 너무 많이 온 것 같고
가려니 갈 수도 안 갈 수도 없어
막막함만 길 위에 펼쳐져 있는
네 오십 변방
고통이 삶의 거름이라고
견디어 누르고 있노라면
제 압력으로 뿜어져 나오는 뿌리 하나쯤 있으리니
네 선량함, 정직함
차랑 차랑 순금 햇살로 돌아올 그 날을 위해

지고지순한 네 짝지랑 풋사슴 같은 새끼들
가족도 풍경인 양 그대로 서로에게
단풍처럼 물이 들 거라
이역만리 떨어져 사는 핏줄이 아파
자주 눈시울 붉어지는 가을날에

레핀호*에서

사십 년 전 산업박람회 열리던 서울로
수학여행 가던 단발머리들
덜컹덜컹 흔들리는 낡은
레핀호 객석에 앉아

훈장처럼 주름지며 웃는 얼굴 위로
여정은 바닐라 향처럼 다디달고

후미진 산곡을 돌아
아득한 평원을 내달아가는 선로 위로
추억은 기차보다 빠르다

너무 넓어 버려진 땅인지
거친 돌밭 사이로 듬성듬성
키 큰 미루나무

흔들리며 사라져 가는 모든 것들은
왠지 쓸쓸하다

같은 해 태어나서 같은 교정에서
한 시대를 살며
탕진한 젊음도 아니련만
햇봄 목련꽃 지듯
그렇게 젊음은 가고

나직한 담소 속
풋나물처럼 싱그러운
추억의 퍼즐을 맞추며
목이 쉰 기차는 어느덧 국경을 넘는다

* 레핀호 : 헬싱키에서 러시아 가는 국제선 열차

무제

포말이 꽃송이처럼 부서지는
허드슨 강변
가을의 붉은 몸
땅끝까지 내려와
저물녘 운수행각의 낮은 물 바람 소리
오빠의 비단 구두를 기다리던
철없던 날들도 가고
눈물보다 진한 핏줄은 늘 애틋하여

구만리 장천 고향은 멀고
차마 떨칠 수 없는 망향가를
수없이 불렀으리
강 건너 맨해튼 휘황한 불빛
지상으로 다 불러 모아
헤어져야 할 시간 앞에
두 살 터울로 같이 늙어가는
육십 년 묵은 정이 새록새록 서럽다

미이라의 꿈
— 우루무치 박물관에서

흙으로도 회향하지 못하고
아득한 선사로도 돌아갈 수 없어

별들도 꿈을 꾸는데
내가 꾸었던
화석이 된 푸른 꿈

구천에 들지 못해
오방위를 잃고 떠돌 때
서릿잠으로 풍장 되었던
붙박이 같은 시간 속

금 가고 먼지 낀 오대 삭신은
유적지 정물로 누워

이제 수 천 년 견뎌온 천형의 세월을 풀고
물과 바람과 따뜻한 기운
저 아득한 땅으로도 되돌아가고 싶구나

타지마할

새벽안개를 헤치고 찾아간
여명 속 타지마할
삼백오십 년 무굴제국 건축의 아름다움을 자랑하듯
백조 대리석의 정교하고 눈부신 문양들
십구 년을 금실 좋게 살고
열네 번째 아기를 낳다 죽은
부인에게의 절절한 사랑
함께한 세월보다 훨씬 많은
이십이 년을 공들여 지은
세상에서 제일 화려하고 장대한
그리고 인류의 제일 쓸쓸한 무덤

인도 시인 타고르는 이곳을 영혼의 땅에
흘러내린 눈물이라고 표현했지만
왕권 강화로 백성을 죽이고 국고 탕진의 인과로
아들에게 폐위당한 샤자한 왕은
건너 보이는 아그라 성에 갇혀
절절한 그리움과 허망함의 사이에서
무엇을 생각했을까!

인류 문명의 위대함과 어리석음 사이에
오늘도 바람 부는 야무나 강변
빛바랜 하현달 하나
애절한 사랑이 낳은 눈부신 타지마할
무덤을 쓸쓸히 비추고 있었다

천지에서
— 우루무치

운송 늘어선 푸른 산 통째로 젖는다

설련화 피는 천산
만년설이 녹아
진눈깨비 아우르는 돛대머리
금고기 뛰놀 것 같아

하늘나라 서왕모*가 목욕하며 노닐었다는
해발 1910 박격달봉 고산 호수
백양나무 노란 꽃잎들이
금가루를 뿌린 듯 사뿐히 내려앉고
방초 짙은 호숫가
젓대 소리 들린다

서설 휘날리는 물결 사이로
온갖 것이 시심을 불러
세상사 어지러움 천산 천지 호수에
다 버리고 싶은 날

* 서왕모 : 도교에서 제일 높은 여신.

월아천
— 돈황

가도 가도 모래무지 허허 고비 사막에
물빛 창창한 오아시스 하나 있다
곤륜산맥 흘러내린
만년설 맑은 물

서천에 걸렸던 초승달이
하늘빛으로 낮게 내려와
늙지 않는 만천萬泉이 되어
고요도 적막도
뒤척이며 깊어가도

광풍이 와도 모래 한 줌 덮이지 않는
월아천 호수
명사산 황사에 메마른 가슴을 적시며
평생 늙지 않는다는 칠성초 한 무더기
바람 속에 소슬하다

레닌 묘에서

한 시대를 풍미하던
이데올로기의 언덕
크렘린 궁전 안

유체이탈의 팔십 성상을
밀랍처럼 누워
주저앉은 이념의 갈등에

그가 꿈꾸던 이상향의 세계는
어느 모래톱 난파선 되어
격랑의 물결로 쓸려가고 있을까

프롤레타리아들의
빈한한 꿈속으로도
볼가강은 반짝이며 흐르고

엄숙한 눈길로
레닌 묘를 돌아나온
모스크바 거리엔

초설初雪처럼 민들레 홀씨
하얗게 흩날리고
육탈한 흰 뼈처럼
자작나무 숲 길게 늘어서 있었다

명사산

여기는 돈황 남쪽
맑은 날 고운 모래들이 날리면서
징소리를 낸다는
명사산에 와서

길이 길 위에 넘어져
모래와 바람이 어우러진
아름다운 구릉 무늬결

찍히지 않는 발자국처럼
불모의 내 길 위에도
흐르는 물살처럼 흔적 지워진다면

생햇볕 다져
얼마나 숨차게 달려야
저 언덕에 닿을 수 있을까

그 옛적 구법승들이 타고 서역길 갔을
낙타 등에 의연히 앉아

가고자 했던 길마저
묻혀버린 고비의 사막 위를

걸음걸음
무생無生을 밟누나

백마탑

서기 어린 탑 아래
애틋한 마음 되어 서 본다
말이 말인가
보살이 화신하여
뚜벅뚜벅
길게 누운 실크로드를 밟고
잔등엔 꼿꼿한 삼장법사
서역에서 중국으로
경전과 부처님 법 여실하게 날랐을 천리준마
히잉 히잉
말갈기를 휘날리며
허공에도 그리움을 쏟아 날렸을까

사람도 죽어 이름 남기기 어려운데
현장 스님 꿈에 수염 흰 도인으로 나투시어
나는 할 일 다 했으니
이제 내 갈 길 갈라네 하고 절명하니
삼장 스님 슬퍼하며 말을 수장手葬하고
탑 세워 애도하니

역사가 꿈길인 양하여
백마탑 앞에서 묵연하구나

두보 초당에서

새들도 넘기 힘들었다는
사천성 성도
마디 긴 대나무에 안개 어려
댓잎마다 이슬 맺혔다는
고죽苦竹나무 숲 서늘하고
양자강 상류
추위와 배고픔을 견디며 노처의 무릎을 베고
허름한 배 안에서 죽음을 맞이했다는
시성詩聖 두보를 만난다
물고기 속삭임마저 들린다는
맑은 개울 긴 꽃길 회랑
소능 초당
부평초같이 떠돌면서
민초들의 한을 다독이던
박애의 삶
평생 시 짓는 괴로움에
마르고 긴 손가락
수척한 얼굴의 소조상 앞에서
슬픔 선명하던 영혼의 시구들이

천이백 년 아득한 시간 속으로
여정의 고단한 내 발목을 잡는다

차마고도

소금 실은 카라반에 눈 덮인 산
쥐와 새들만이 다닌다는 마방의 길
횡단 산맥 설산에서 차를 전하고
눈 오기 전 고개를 넘어야 하는
산간 오지의 사람들에겐 실핏줄 같은 길

산 높고 골이 험할수록
영혼은 더 순수해져
떨어지면 히말라야 신께 바치는
제물로 생각하는
1m도 안 되는 아슬한 길

그 길에 마방이 줄을 이어
차를 주고 말을 얻고
소금을 주고 곡식을 바꾸어
야크도 사람도 목숨 건 투쟁의 길
설산 간달야 5,500m 고지
척박한 삶 길고 긴 여정의 생명의 길

구채구*

하늘 지붕 아래 경사진 협곡
호수가 만지는 벼랑
햇빛과 바람과 억년 세월이
간 맞추어 낸 서늘한 물길
색을 달리하는 호수마다
물 이랑이 들어 올리는 영롱한 수채화
해발 350m 황룡계곡, 장해 낙일랑
수정폭포 세찬 물줄기
얼비치는 호수 바닥의 나무 화석
이끼 위로 떨어지는 물길이 진주를 닮았다는 진주탄
비췻빛 찬연한 오해지

구채구를 보지 않고는 물빛을 논하지 말라 했던가!

고요의 물빛 뒤로하고
돌아서는 내 무명無明의 발아래
흐르는 게 물길뿐이랴! 부랑의 생각
비껴 흐르고 에도는 생의 여울목
눈 안에, 가슴안에 내 뼛골에 스민 푸른 물빛

* 구채구 : 중국 소수민족 중 가장 오래된 장족의 9개 마을

운대산*

십억 년 세월의 지각 변동이
가늠되지 않아
빛과 어둠이 셀 수 없는 비경을 만들고
사철 운무와 구름이 멈추지 않는다는
운대산에 와서
물같이 깊은 하늘 햇빛은
석벽을 씻어
단풍처럼 붉은 홍석협 계곡
깎아지른 절벽 위 아슬히 핀
감국 향기가 운대산을 수놓고

물무늬 새기며
계곡으로 흘러간 마알간 메아리
지는 꽃은 스스로 한가하고
젖어서야 찬란한 이끼들의 밭
산과 산의 아득한 능선 사이로
역마살로 떠돌던 바람 사이로
온갖 곳에서 달려온 가을이
홍석협 계곡으로

몰려오고 있었다

* 운대산 : 중국 하남성 해발 1,308m의 산

적막한 가을의 시학

이 병 헌(문학평론가 · 대진대교수)

강지연의 시는 담백하다. 기행시나 종교적 이상을 추구하는 시는 물론이고, 깊은 정으로 연결된 가족과의 일상사를 담은 시, 인간의 본원적 슬픔의 감정이 담긴 시들까지도 비교적 담백한 느낌을 준다고 할 수 있다. "생각이 많아 생각을 잃은 날"(「봄밤 11—나왕케촉」), "내 눈 안에서 눈을 볼 수 없어"(「백담사」), "한 뼘도 안 되는 내 화두 안에/ 내가 걸릴 때"(「인월암」) 등의 불교적 사유에 바탕을 둔 날카로운 표현을 때때로 사용하기도 하지만 시인에게는 평소 감성을 절제하는 훈련이 잘되어있는 듯하다. 독실한 불교도인 시인은 전국의 주요 사찰을 탐방하는 것은 물론이고 국내외의 명승지를 여행하면서 많은 작품을 창작해왔다. 대부분의 기행시에는 시인의 숨결이 담겨있기 마련이다. 강 시인의 이전 작품들 또한 그런 편이었다. 김시습, 장계향, 매창 등의 인물을 만날 때 특히 그러했다. 하지만 최근에는 화자의 감정이 거의

실리지 않은 작품들을 발표하기도 한다. 겉보기에는 작은 변화인 듯하지만, 그의 시가 이처럼 투명해진 이유를 생각해보는 가운데 시인의 심경 변화를 추적할 수 있다.

강지연 시의 저변에는 망상이나 집착, 욕망들로부터 벗어나 평상심을 유지하고자 하는 희원이 담겨있다. 이러한 생각은 그의 초기시부터 최근의 시에 이르기까지 꾸준히 이어지고 있다.

> 망상의 뜰을 건너
> 비우면 가득 차는
> 내 무심無心의 자리
> > ―「선방에서」부분, 『금등 하나 켜고』(경남, 2000)

> 달마를 만나러
> 참선 길에 올랐더니
>
> 악도 덕도 내 안에 다 있고
> 무념처에 일체가 있더라
> > ―「화두 13」부분, 『화두』(불휘미디어, 2015)

> 뭇 꽃들은 저 혼자 피고 지고
> 무심한데
> 내가 꽃 보며
> 눈물짓고 웃고 서러워
> 하는 것은 아닌지
> > ―「화두 26」부분, 『화두』(불휘미디어, 2015)

앗겨도
한없이 앗겨도
아깝지 않은 내 사유思惟의 넋이다

마음 두고 흐르는 구름
어디 있으랴

와도 온 바 없고
흘러도 흐를 바 없는
허공의 꽃이다

- 「구름」 전문

「선방에서」에는 '무심'을 지키지 못하고 망상으로 회귀
하고 마는 자신에 대한 반성이, 「화두 26」에는 '무심'한
꽃에 대비되는 자신의 지나친 감정 노출에 대한 부끄러
움이 나타나 있다. 「화두 13」에서 화자는 참선하는 도중
에, 일체 생각을 쉬고 일념에 들되 그러한 생각조차 잊어
버린 '무념처'에 드는 선적 경지를 보여준다. 이때 화자
는 "차라리 내가 절이 되고/ 달마는 팔만사천 번뇌 속에
있더라"는 전도된 경험을 하게 되었음을 토로하고 있다.
「구름」에서 화자는 '구름'이 흐르는 데에는 어떠한 의
도도 개입되어 있지 않다는 것을 강조한다. "등불이 어
둠을 비출 때/ 마음 없이 스스로 밝은 것처럼(「밤 숲에
서」)"과 같은 맥락의 언급이다. 나아가 그는 과거와 미래

에 대한 집착으로부터 떠나버린 가벼운 마음가짐을 표상하는 구름을 '허공의 꽃'이라 명명한다. "한없이 앗겨도" 아까울 것 없다는 것은 시공이 자유자재인 구름에 비유된 화자 자신의 사유 자체도 열려져 있음을 말해주는 것이다. 구름이 '허공의 꽃'이 된 것은 이러한 사유 자체가 지난한 과정을 거쳐 개화된 것임을 암시한다. 구름처럼 흘러가는 것에 대한 예민한 감각은 이처럼 '무심'을 추구하는 마음과 연결되어 있다.

> 평상심이 도道라 하지만
> 도道와 중생살이의 시차를 극복하지 못해
> 소슬한 바람 겹겹
> 한 마음 재우면
> 두 마음이 일어나고
> 어디론가 흘러가는
> 바람 소리 강물 소리
> 슬프다 기쁘다 하는 심경이
> 여울에 비치면
> 나는 나를 무엇으로 흐르게 할 것인가!
> 호젓해진 마음의 빈집
> 만산홍엽 뒹군다
>
> ― 「평상심」 전문

이 작품에서 '바람'은 먼저 무심한 마음을 헤집어 번뇌의 세계로 이끄는 역할을 하는 것으로 나타난다. 그러나

그것이 강물과 함께 어디론가 흘러간다는 속성이 부각
되면 희로애락의 감정을 실어 어디론가 떠나보내는 정
반대의 역할을 하는 것으로 인식된다. 이처럼 하나의 사
물을 하나의 속성만을 지닌 것으로 단순하게 규정하지
않는 것이 강지연 시의 힘이다. '슬프다 기쁘다' 하는 속
인들의 감정은 바람과 강물의 여울을 타고 어느덧 흘러
가 버리게 될 것이다. '마음의 빈집'은 이렇게 해서 얻어
진 것이다. '호젓함' '빈집' '만산홍엽' 등은 '소슬한 바람'
과 어울려 가을의 이미지를 형성하며 이것은 종국적으
로 '무심'을 향하고 있다.

　　마음 붉어 번지는 게
　　봄 앓이라 하지만

　　세월이 나를 따라 흘러온 것인지
　　내가 세월 따라가는 것인지

　　꽃자리 풀어내린 한적한 봄날
　　헤적이는 물살 아래

　　접었던 모든 것 개운히
　　다 띄워 보내면

　　적멸과 영롱의
　　객창 위에

다라니꽃 한 소절
귀에 익다

－「봄밤 6」전문

흐르는 것에 대한 이미지가 '세월'이라는 시간적 이미지로 귀결되는 것은 자연스러운 일이다. 매년 맞이하는 '봄 앓이'는 아직도 화자의 감정을 고조시키지만, 그는 이제 붉어진 마음을 세월의 물살에 띄워 보내고 만다. 마음 깊숙한 곳에 쌓아두었던 모든 것을 개운하게 털어내는 것이다. 강 시인의 "소멸하며 늘어가는 세월의 부피에/ 새털같이 가벼워지는/ 그리움의 원근법(「봄밤 7」)"라는 시구詩句에서 보듯이 만물이 소멸하며 쌓아가는 것이 '세월'이고 그것은 인간사의 '그리움'을 '새털같이' 가볍게 해준다. 그리하여 맑고 아름다운 깨달음의 상태에 돌입한 절의 객사의 화자에게 어디선가 다라니경의 한 소절이 들려온다. 귀에 익은 그 소리는 이 순간 그에게 한 송이의 '꽃'으로 피어나게 된다. 옥을 굴리는 듯 영롱한 경 읽는 소리가 화자의 뇌리에 어떤 엑스터시의 경험을 가져다주고 있는 것이다. 시인은 누군가가 '꽃자리'를 풀어내린 듯 세상이 온통 꽃으로 뒤덮인 어느 봄날 밤, 다라니경 읽는 소리가 '다라니꽃'으로 피어나는 눈부신 찰나를 포착한 것이다. 아름다운 작품이다.

그러나 이번 시집 『소소』에서 주목되는 것은 스러져가는 세월 속의 적막한 현실에 대한 쓸쓸함과 서러움, 슬픔과 같은 감정이 이전의 시집들에서보다 현저하게 나타나 있다는 점이다.

눈을 씻고 바라보아도
신명을 바쳐야 될 일이
아무것도 없는 이 계절에
저토록 붉은 단풍은 타고
참선을 하듯 시를 생각했지만
머리속은 시베리아 벌판
무심함에 길들여진 슬픈 가을날
오래 묵혀둔 솔잎주 한잔을
정인情人처럼 마시며
뼈끝에 스미는 한기를 견디리라
— 「가을 엽서」 부분, 『금등 하나 켜고』

슬픔 하나 묻어두고 떠나온
전생의 뜨락
장명등 길게 밝히면
내생來生은 안방처럼 아늑할까
— 「화두 37─원당암 용맹정진」 부분, 『화두』

고목 등걸 표피처럼
삭고 낡아 짚불처럼 꺼져 가야 하는
사람 몸이 서럽고
늙음이야 더욱더 서럽겠지만
— 「삼도천 건너갈 때」 부분

흔들리며 사라져 가는 모든 것들은
왠지 쓸쓸하다

—「레핀호에서」부분

「가을 엽서」에서 화자는 '저토록 붉게' 단풍이 타는 이 계절에 신명을 바칠 일도 없고 무심함에 길들여져 슬프다고 한다. 앞서 살펴본 시들에서 그토록 갈구하던 '무심'의 경지가 여기서는 이처럼 슬픈 원인이 되어버렸지만, 그것이 일시적인 서정은 아닌 것 같다. '뼈끝에 스미는 한기'를 견뎌야 할 정도로 슬픔 또한 뿌리 깊다. 「화두 37」에는 전생과 내생이 한데 어우러져 있다. 전생의 슬픔과 내생의 아늑함을 이어주는 것은 절의 '뜨락'에서 현재의 밤을 밝히고 있는 '장명등'이다. 현세의 삶이 내면 깊숙이 고뇌와 슬픔을 간직한 것이라면 '야반 삼경'에 등불 밝히고 정진하여 얻은 내세의 삶은 안방처럼 아늑한 것이 되리라는 믿음 속에 온 정성을 다하고 있는 것이 이 작품 속 화자의 모습이다.

이번 시집에서 유독 시인은 나이 들어 쇠잔해가는 사람들이나 스러져가는 사물들에 애잔한 시선을 보내고 있다. 「삼도천 건너갈 때」에서 화자는 "다 버려두고 마지막 가는 길" 즉 자신의 죽음을 상정하고 장례식장의 풍경까지도 그려보고 있다. 육신이 스러져가는 것 자체도 서럽지만 늙음 그 자체를 더욱 서러워하는 것은 이제 그

에게 남은 시간이 많지 않다는 것을 시인이 의식하기 시
작했다는 것을 말해준다. 「레핀호에서」는 여고동창생들
의 북유럽여행을 통해 추억이 깃든 과거를 회상하는 작
품이다. 추억의 아름다움을 떠올리는 한편으로 화자는
흔들리는 기차 속에서 차창 밖으로 사라져 가는 미루나
무를 보면서 사라져가는 젊음을 쓸쓸한 시선으로 노래
하고 있다. 인용한 구절은 이러한 특별한 정황에서 산출
되었지만, 우리의 뇌리에 오래 되새겨질 하나의 경구로
남을 것 같다.

    살뜰하기도
    적막하기도 한 한생이
    저물어간다

    어느 먼 인연에 끌려
    내가 왔을까

    일락서산 월출동에
    생사 없고

    사리 한 알 품은 그리움은
    만 리 밭길

    빛과 어둠이 함께
    할 수 없어

내가 그려놓은 한생이
남루였던가! 바람이었던가!

해도 달도 서녘으로만 저물고
저무는 것이 나만이 아니어서
조금은 덜 쓸쓸한 나날

－「적막」전문

여름내 붉디붉은 꽃을 피워냈던
목백일홍 어지러이 떨어져 누운 가을 운부암
불이문에 들면
구름도 묵언수행 중
원통전 관세음보살님의 고아함
걷고 머무르고 앉고 눕는 선禪 수행
목숨 내어놓고 정진하라시던
경허 만공 한암 성철 향곡
옛 선사들의 향기 그립다
선원스님들의 결가부좌 속
한 소식 얻음을 위해 정진삼매에 들면
무설설無說說 운부난야
담장 밖 꽃 떨어지는 소리
적막하다

－「가을 운부암」전문

위 두 편의 시에는 '적막함'이라는 정서가 바탕에 깔려 있다. 「적막」의 화자는 자신의 생을 돌이켜보며 살뜰하다고 했다. 어려운 시기에 자신의 생을 잘 꾸려왔다는 자부심이 배어 나오는 표현이다. 인연의 고리를 생각하면 눈에 보이는 "시공時空도 생사生死도"(「천 년 후에는」) 그다지 중요하지 않을 것이다. 그러나 한편 자신의 일생이 저물어가는 시점에 그에게는 사리처럼 응축된 지극한 그리움의 정이 떠오르기도 하고 자신의 생을 "남루였던가! 바람이었던가!"하고 외치게 되는 회한이 밀려오기도 한다. 강 시인의 다른 시에서 보듯이 "끈끈이처럼 들러붙던 명상들"을 "하얗게 지새운 면벽의 밤"(「아침 소묘」)으로 극복하여 온 삶이기도 하다. 끝 연에서 그는 해와 달과 같은 천지 사물이 자신의 저물어가는 인생에 동행하고 있다는 것을 깨닫고, 조금이나마 위안을 받았다고 한다. 마치 도연명의 「귀거래사」한 구절을 읽는 듯한 느낌이다.

사찰 경내에서 정진하는 모습을 담담한 어조로 풀어내고 있는 「가을 운부암」은 강지연 시인의 시가 도달한 최근의 한 정점에 서 있는 작품이다. 불이문 지나 운부암 경내는 수행의 열기로 가득하다. 관세음보살의 품 안에서 선원 스님들이 해탈의 경지에 들고자 정진하는 가운데 구름도 말없이 수행 중인 듯하다. 이 광경을 접한 화자는 어느덧 분위기에 젖어들어 수행을 강조하시던 공력이 높은 옛 선사들을 소환한다. 경허, 만공, 한암, 성철, 향곡 등의 고승들의 이름이 나열되는 것만으로도 우리는 어떤 감동을 느낀다. 이 같은 감각은 사물들의 이름만을 나열하고 있는, 조선시대 초기 사대부나 승려들이 지은 「한림별곡」 같은 경기체가의 미의식과 닮았다. 일정한 정신세계를 확립하고 있는 이들의 안정된 사유가 채택한 것이 이런 양식이다. 절제된 감정의 정수를 보여주고 있다고 할 수 있다. 강지연 시인의 근래의 정신세계를 가늠해 볼 수 있다. 이 작품의 말미에서 화자는 선원 스님들과 함께 운부암에서 정진하는 가운데 생과 사의 접점에 놓인 꽃이 떨어지는 '소리 아닌 소리'를 듣게 되었음을 고백한다. 그가 이미 시시비비라는 분별의 경지를 넘어서고 있음을 말해주는 것이다. 그러나 여기에 적막함이라는 감정이 겹쳐짐으로써 그는 다시 세속에로 귀환하고 있다.

기묘년이 저물고
천 년이 진다
수그러든 가을볕처럼
이생의 한낮도 이미 기울어

마음 안에 깊은 내 마음이 있고
그 마음은 시공도 생사도 없는데
이승 나루 다하면
목화솜 구름이나 되어
젖은 가슴들 뽀송뽀송 말려주고

남김없이 드러내고도
속을 모르는 저 하늘 닮아
청청히 흐르면서 끝을 보이지 않는
긴 강물 되어
사금처럼 반짝이며 흘러가고 싶다
유정 무정
다생 겁으로 몸 바꾸어 흐르다가
천년 후에는
사람 몸 다시 받아
반야의 꽃 한 번 피워보고 싶다

　　　　　　　　　　　　　　　－「천년 후에는」 전문

　이 시를 통해 강지연 시인은 적막감이나 슬픔을 극복
해 나아가는 자신만의 방식을 보여준다. 1연에는 모든
것이 기울어가는 모습이 나타나 있다. 한 해가 저물어가
고 천년이 기울어가며 가을도 한낮도 모두 기울어간다.
그러나 그것들이 아주 사라지는 것은 아니다. 새로운 한
해로, 새로운 밀레니엄으로, 봄으로, 아침으로 부활할
것이다. 다만 이생의 가을에 처한 화자의 삶은 어떻게
되는 것일까 하는 의문이 들기도 한다.
　화자의 마음속 깊은 곳에는 시공도 생사도 없다. 그는
이승을 떠나면서도 목화솜처럼 부드러운 구름이 되어
세속의 고난에 시달려 땀과 눈물에 젖은 가슴들을 진정
으로 위로해주고 싶다. 그리고 스스로는 하늘 닮은 강물

이 되어 아름답게 빤짝이며 흘러가고 싶다. 여기서 '하늘'은 "남김없이 드러내고도 속을 모르는" 대상이라 한다. 이것은 마치 수많은 작품을 통해 자신을 드러낸 듯하지만 속을 다 보여주지 않은 시인의 자화상 같다. 이런 화자가 궁극적으로 바라는 것은 무엇인가. 유정 무정으로 윤회의 사슬을 거치다가 천 년쯤 후에는 사람으로 환생하여 부처님 앞에 인간의 어리석음을 참회하고 깨달음의 영원한 진리세계에 들고 싶다는 것이다. 강지연 시의 화자들은 이처럼 큰 서원을 품고 인생의 적막한 가을을 견뎌내고 있다.